福爾摩斯

魔犬傳說(下)

SHERLOCK HOLMES

大偵探福爾摩斯

魔犬傳說（下）

上集回顧

巴斯克維爾家的先祖雨果因強搶民女而被魔犬咬死。自此，巴斯克維爾家多人死於非命，據傳皆與荒野中的魔犬有關。雨果的後代查爾斯爵士，在巴斯克維爾莊園的小徑上離奇斃命，其身旁更留下巨大的犬爪。

老爵士的侄兒亨利自幼移民加拿大，得悉慘事後回倫敦繼承遺產，卻在下榻的酒店收到一封用報紙剪貼而成的信，警告他不要返回莊園。

在老爵士的朋友莫蒂醫生引薦下，亨利到訪貝格街221B。福爾摩斯雖然從警告信中找出線索，卻得物無所用。不過，福爾摩斯發現一個大鬍子乘馬車跟蹤亨利和莫蒂醫生。由於莊園的管家巴里莫亞也是個大鬍子，他成為了頭號嫌疑人。可是，管家卻在莊園簽收了亨利發出的電報，證明他不在倫敦，消除了嫌疑。

同一時間，亨利在酒店接連失去一隻新鞋和一隻舊鞋，令案件更顯得撲朔迷離。於是，福爾摩斯命華生陪亨利回鄉，和適時寫信向他報告當地情況。

抵達莊園時，眾人得悉附近的監獄有殺人犯越獄。當晚，華生更在半夜聽到管家太太的啜泣。翌日，他去兼營收發電報的雜貨店查問時，才赫然發現簽收電報者並非管家本人，而是他的太太！

捉蝴蝶的人

「這也難怪，鄉下人辦事粗疏，妻子簽收了電報，就當作他本人簽收了。」華生心想，「看來不出所料，巴里莫亞夫婦嫌疑最大。查爾斯爵士的屍體是巴里莫亞發現的，他報案是為了洗脱嫌疑。那個長着絡腮鬍子的神秘人就是他！他當時在倫敦，寄出剪貼字警告信的一定是他，偷走亨利爵士皮鞋的人也是他！他想嚇走亨利爵士，這麼一來，就可與妻子兩人霸佔莊園，享受富豪一般的生活了！」

華生想到這裏，立即回身就走，他必須馬上把這個情報通知福爾摩斯。可是，他還未走出這個小村莊，就被一個聲音喚停了。

「**華生醫生！**」

華生轉過頭看去，只見一個拿着**捕蝶網**的中年男人急步追來。他下巴尖尖，穿着棗紅色的外衣，雖然頭戴草帽，但從舉止看來像個讀書人。

「華生醫生，請恕我冒昧打擾。」那男人追上來後，**氣喘吁吁**地說，「我是莫蒂醫生的朋友，他向我談過你的事。」

這時，華生注意到對方肩上掛着一個**植物標本匣**，加上那個捕蝶網，他馬上想起莫蒂醫生曾提及的**博物學家**，於是問：「難道你是**斯特普頓**先生？」

「對，我就是斯特普頓。」

「但你怎會認得我？」

「我在莫蒂醫生的診所**串門子**，你剛好從窗外走過，他就指給我看了。」

「原來如此。」華生有禮地問，「你找我有甚麼事嗎？」

「沒甚麼事，只是想**打個招呼**而已。」斯特普頓打趣道，「這個小地方不是農民就是馬販子，難得有倫敦來客，我可不會放過結識的機會啊。對了，亨利爵士好嗎？**舟車勞頓**，很辛苦吧？」

「謝謝你，他很好。」華生說，「他很高興能回到故鄉來看看呢。」

「啊？只是看看？不會住下來嗎？」斯特普頓**自問自答**，「我明白，老爵士**死於非命**，這個地方又是個**不毛之地**，他一定不肯住在這裏。更要命的是，這兒還有個恐怖的傳說，聽過的人都會感到**毛骨悚然**，

亨利爵士也不例外吧？」

「他是個理智的人，不會被傳說嚇倒。」

「是的，那只是個傳說。但農民們都言之鑿鑿，有些還說親眼目睹那頭傳說中的魔犬，弄得這個地方人心惶惶。」

華生看得出，眼前的博物學家雖然語帶微笑，但眼神卻嚴肅認真，對傳說並不全盤否定。

果然，斯特普頓接着說：「我相信傳說為查爾斯爵士帶來很大心理壓力，他死得那麼慘必定與傳說有關。」

「不會吧。」華生為免透露自己的看法，只好含糊其詞。

「真的啊。」斯特普頓提高了聲調，「他一見到狗也會被嚇得面無人色，事發當晚，他

一定是看到了甚麼猛獸。你知道，他心臟有毛病，一嚇就出事。」

「你怎知道他**心臟**有毛病？」

「是莫蒂醫生説的呀，他是爵士的醫生，最清楚這一點。」

「那麼，你認為當晚有一頭**猛獸**追着爵士，把他**嚇死**了？」

「還有別的原因嗎？」

「這個嘛，我還未能下結論。」

「**福爾摩斯先生**呢？他有甚麼看法？」

華生暗地吃了一驚，他沒想到老搭檔的參與已傳到他的耳中。

「請不要怪責莫蒂醫生，他一說出你的大名，我已**聯想**到福爾摩斯先生了。」斯特普頓似乎看穿了華生在想甚麼，「你們破了那麼多大案，只要稍為對罪案感興趣的人，都對你們的名字**耳熟能詳**啊。你既然來了，福爾摩斯先生當然也

牽涉其中。我說得對嗎？」

「過獎了。」華生堆起笑臉說，「我也不知道他對此案的看法呢。」

「那麼，我得親自向他請教一下了。查爾斯爵士畢竟是我的朋友，我也想弄清楚案子的來龍去脈。」斯特普頓充滿期待地問，「請問福爾摩斯先生甚麼時候來呢？」

「他正在處理一宗棘手的案子，不能離開倫敦。其實，我只是來拜訪朋友亨利爵士，並不是來查案的啊。」

「太可惜了！」斯特普頓大失所望，「要是能親眼看到大偵探破案的本領，一定會大開眼界。對了，你們有甚麼需要幫忙的話，請儘管說，我是義不容辭的。」

「正如剛才所說那樣，我只是來探朋友，並不需要幫忙。」

「我明白的，查案必須低調行事。」斯特普頓壓低嗓子說，「我保證，不會再提查案的事。」

「你誤會了，我真的不是來——」

「華生醫生，你有時間嗎？」斯特普頓未待華生說完就問，「沿着沼地旁的小徑走不遠，就能到達寒舍。相請不如偶遇，請你去坐坐，相信舍妹也很想認識你。」

華生想了想，記起眼前的博物學家也在老搭檔的觀察名單之中，既然對方邀請，正好趁機去了解一下，於是說：「好呀，我正想到處走走呢。」

「太好了！請往這邊走！」斯特普頓興奮地帶路。

「我在這裏已住了兩年，剛來時，查爾斯爵士也才搬回來不久。」斯特普頓邊走邊説，「別看沼地一片荒涼，特別的地方可多着呢。」

「是嗎？甚麼地方特別？」華生問。

「北面這片看似平平無奇的大平原，其實就很特別。」

「是嗎？我看不出來呢。」華生說，「不過，在這麼**遼闊的平原**上騎馬的話必定很痛快。」

「嘿嘿嘿，不熟悉的人都會這樣想。可是，別看它表面平靜，其實內裏**暗藏殺機**啊。」

「暗藏殺機？」華生赫然。

「沒錯，平原中間長滿嫩草的地方叫**大格林盆泥潭**，一個不小心跑了進去，可會——」

斯特普頓還未說完，突然響起一陣**淒厲的嘶叫聲**，把華生嚇了一跳。

「快！一定是又有馬匹**遭殃**了！」斯特普頓大叫一聲，馬上沿着小路拚命往前跑。華生估計是發生了甚麼意外，於是連忙跟上。

奪命泥潭

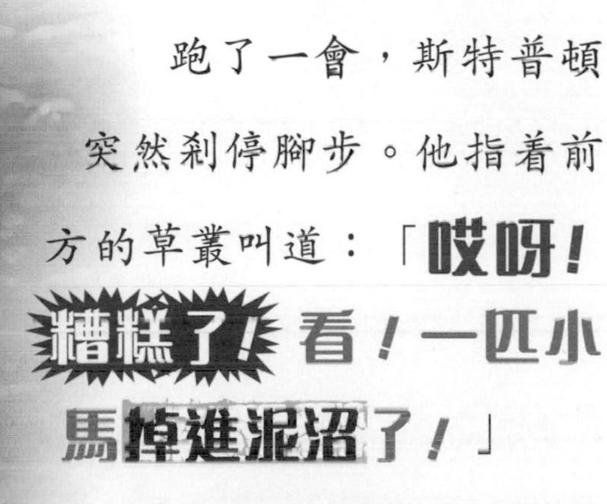

跑了一會，斯特普頓突然剎停腳步。他指着前方的草叢叫道：「**哎呀！糟糕了！**看！一匹小馬**掉進泥沼**了！」

華生循他所指的方向看去，果然，一匹小馬已深陷**泥沼**之中，只餘馬頭和前腿在泥沼上不斷掙扎，企圖擺脫下沉的命運。

「怎麼辦？能救牠嗎？」華生驚恐地問。

「**救？怎樣救？**我們走過去的話，只會一起沉下去啊！」

嘶……嘶……嘶……嘶……嘶……嘶……嘶……嘶

淒厲的嘶鳴響徹整個平原，但不一刻，一切又回復平靜。小馬已完全隱沒在**泥沼**之中，不留一點餘痕。

沒有比**眼睜睜**地看着一個生命陷入死亡卻又無法施以援手更可怕的了，華生感到**全身發麻**，幾乎透不過氣來。

「這是第二宗了，早兩天我也親眼目睹一宗。」斯特普頓的語調中充滿了**悲傷**。

「我們還要繼續走嗎？」華生有點擔心地問。

「不必擔心，我很熟悉這裏。我們走的這條路很安全。」斯特普頓一頓，指着遠方的一座小山說，「看到那座**小山**嗎？它就像個**與**

世隔絕的小島，被**危機四伏**的泥潭重重圍住。不過，要是有本事到那裏走一走，就知道那兒簡直就是個**世外桃源**，各色各樣的稀有植物和蝴蝶讓你看得**眼花繚亂**！」

「是嗎？那麼我找一天也要去看看。」

「萬萬不可！」斯特普頓緊張地警告，「你想像剛才那匹小馬那樣嗎？我為了去那兒勘探了很久，又釘上了很多自己才看得懂的路標。你自己去的話，只要稍為走錯方向，就必死無疑！」

「那麼，改天你帶我去看看又如何？」

「這個嘛……」斯特普頓有點為難地說，「我在那兒發現了不少蝴蝶的稀有品種，不想外人破壞環境，把牠們嚇跑啊。你知道，我是個博物學家，研究蝴蝶是我的工作之一。」

「我明白的。」

「不過，我可以帶你去看看史前人類住過的遺址，保存得相當好，還能看到他們留下的爐灶和石床呢。」

「是哪個年代的遺址？」華生問。

「估計是**新石器時代**吧，就是青銅器開始代替石斧——」斯特普頓說到這裏突然止住，他瞪大眼睛盯着前方。

「是非常罕見的草弄蝶！請別走開！我一會就回來！」他丟下這麼一句，舉起捕蝶網就跑。

「**喂！**」華生想叫也叫不住，只見他追着一隻蝴蝶，直往泥潭奔去。

「他不是説那邊很危險嗎？怎麼看到一隻蝴蝶就**急不擇路**地發飆狂奔？」華生心裏嘀咕。

噠噠噠噠……

突然，一陣急促的腳步聲從後方傳來，華生連忙轉頭看去，只見一個非常漂亮的女人向他奔來。

「**回去！回倫敦去！立即就走！**」

她跑近後緊張地叫道。

華生被嚇了一跳，問：「為甚麼我要立即回去？」

「請別多問，**三言兩語**說不清，總之你必須馬上回去！」

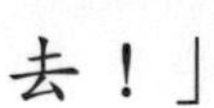

「我才剛剛來了一天啊。」

「哎呀，你這個人呀！」女人急了，「還不明白嗎？我是為你好呀！**快走吧！今晚就走，你留在這裏有危險！**」

「可是——」

「糟糕，我哥哥回來了！請不要提起我剛才的說話，一個字也不要說。」女人壓低嗓子說完後，忽然換了另一個**閒話家常**似的調子道，「這片沼地有不同品種的蘭花，可惜你來得遲了點，很多已經開完了。」

華生轉過身去，看到斯特普頓手持捕蝶網喘着氣走回來了。

「啊？**貝莉兒**，你也來了？」斯特普頓走近後，有點訝異地問。

「待在家有點無聊，就走出來散散步。」貝莉兒說。

「真可惜，被那隻草弄蝶飛走了。」斯特普頓有點懊惱。

他看了看華生，又看了看貝莉兒，問道：「看來，你們已自我介紹了吧？」

「是的，我和亨利爵士談起，說他要是早一步來，就能看到最美麗的蘭花了。」貝莉兒答道。

「你誤會了，我名叫華生。」華生連忙說，「是亨利爵士的朋友。」

「啊……」貝莉兒非常錯愕。

「哈哈哈，華生醫生，舍妹常常**擺烏龍**，這次又認錯人了。」斯特普頓笑道。

「對不起，我搞錯了。」貝莉兒尷尬地道歉。

「沒關係，我們算是『**不打不相識**』呢。」華生**語帶雙關**。

「走吧，到我家再聊。」斯特普頓熱情地邀請。

在斯特普頓兄妹帶領下，走了不多久，一所房子映入眼簾，它的周圍沒有其他房屋，給人一種**離羣索居**的感覺。華生感到奇怪，一個受過高深教育的人，怎會與年輕的妹妹住在這種地方呢？

走進屋子坐下來後，斯特普頓好像看穿華生心中所想似的，以輕鬆的語調解釋：「這種**鬼地方**，不適合我們兄妹倆居住吧？是的，要不是為了**學術研究**，我們也不會在這裏住下來。你知道，對於一個學者來說，研究比甚麼都重要。」

「是的，我是哥哥的**助手**，我覺得他的研究很有意義。」貝莉兒也幫腔道。不過，在華

生耳中聽來，卻有點兒言不由衷的感覺。

「我在英格蘭北部辦過一所中學，本來對作育英才的工作感到很滿足。可是……」斯特普頓說到這裏時，臉上浮現出一抹苦澀，「可是，學校裏爆發傳染病，有一半學生染了病，最後還死了3個。這個事件令校譽受到嚴重打擊，學校也就無法再辦下去了。我只好把學校賣掉，跑來這裏做研究，只要我寫的論文得到學界認可，就可以到大學謀個教職，讓生活安頓下來了。」

「你一定會成功的。」華生不知道說甚麼好，只好客套地鼓勵。

「我打算今天下午去拜訪一下亨利爵士，不

知道會不會打擾他呢？」斯特普頓問。

「他雖然有點忙，但一定很樂意認識你的。」

「**太好了！**」斯特普頓開心地說，「對了，樓上有很多我收集得來的**蝴蝶標本**，你要看看嗎？」

「好呀。」

在斯特普頓的解說下，華生上樓參觀了**各色各樣**的蝴蝶標本。可惜的是，他對蝴蝶的認識太差了，很多**學名**連聽都沒聽過，完全搭不上話。參觀完後，斯特普頓要請華生留下來吃飯，但華生早已約好亨利爵士回去吃午飯，所以**婉拒**了。

告辭後，華生沿着來的那條小路回去。可是走了不久，卻赫然看到貝莉兒**上氣不接下氣**

地在路旁守候，看樣子是從捷徑跑過來等他。

「斯特普頓小姐，怎麼啦？」華生走近後問。

「請……請忘掉我剛才的**警告**，那些說話不是對你說的。」貝莉兒喘着氣說。

「我明白，你是對**亨利爵士**說的吧？他是我的朋友，你的那番說話，我會向他**轉告**的。不過，你為何作出那樣的警告呢？」

「這……怎麼説呢……？」貝莉兒的眼神**游移不定**，「你……你聽過那個傳説吧？對了，就是那個傳説，那是對巴斯克維爾家的**詛咒**，我害怕詛咒會在亨利爵士的身上**應驗**。」

「那種**子虛烏有**的傳説，他是不會相信的。」

「**不！他必須相信！**」貝莉兒急了，「請你説服他，告訴他有危險！」

「我盡力而為吧。」華生話鋒一轉，**出其不意**地問，「對了，你為何不想令兄知道你作出的警告呢？他不會因此而不高興吧？」

「這……」貝莉兒被問着了痛處似的**雙頰泛紅**，不知如何回答。

不過，她很快就找到了說詞：「哥哥是個學者，最討厭沒有科學根據的**無稽之談**。讓他聽到了，我怕他罵我。」

「原來如此。」華生對這個解釋**存疑**，但為免尷尬，只好不再深究。

「我……我要回去了，再見！」貝莉兒生怕被**識穿**謊話似的，**慌慌張張**地走了。

可疑的管家

華生回到巴斯克維爾莊園時，看到亨利爵士仍在閱讀文件。於是，他趁吃午飯前的半個小時空檔，在筆記本上記下了以下幾個重點：

到了吃午飯時，華生把第②個重點原原本本地告知亨利爵士，卻故意隱去第①和第③個重點，以免他在巴里莫亞和斯特普頓面前泄漏風聲。因為兩人都在調查的名單中，漏了風就會讓對方有所防範了。

到了下午，斯特普頓依約到訪。亨利爵士向他問了很多關於伯父生前的逸事，兩人相談甚歡，談得很投契。華生從旁觀察，並沒有發現斯特普頓有何異樣。

晚上，華生一邊參考自己的筆記，一邊把這天的所見所聞巨細無遺地寫到給福爾摩斯的信中。寫完信後，華生感到已耗盡了精力，匆匆洗過澡後就睡了。然而，不知道是否因為小馬被泥沼吞噬的情景太過震撼，華生睡得總有點心緒不寧。到了午夜2點鐘，他在朦朦朧朧之中被大鐘的響聲吵醒了。

「唔？」華生睜開了眼，除了鐘聲外，他好像還聽到有人在房門外偷偷走過的腳步聲。

「誰在半夜裏還到處走動呢？」華生悄悄地從床上下來，打開了一條門縫往外偷看。

「啊！」華生暗地一驚，他看到一個男人的背影躡手躡腳往走廊的另一頭走去，而且那人還是光着雙腳的！從地板上的反光看來，那人手上拿着一根**蠟燭**。

「**鬼鬼祟祟**的幹甚麼呢？」華生想到這裏，待那人在走廊盡頭轉了彎後，就**無聲無息**地跟了上去。當走到拐彎處時，他探頭往另一邊的走廊看去，但那人已失去了蹤影。不過，他看到地板上映照着**一線燈光**，那是從一個房間的門縫中透出來的。

華生**躡手躡腳**地走過去偷看，發現那是

個沒有家具的空房，那人手持燭台站在一扇窗前，**一動不動**地看着窗外。不一刻，那人緩緩地轉過身來，「**呼**」的一下吹熄了蠟燭。就在那人轉過來的一剎那，華生看得**清清楚楚**，他就是管家**巴里莫亞**！而且，在燭光的映照下，他的面目顯得格外**猙獰**！

一宿無話，第二天一早，華生就把昨夜的事向亨利爵士說了。

「是嗎？你也看到了？昨夜我也聽到腳步

聲，通過門下的縫隙看到**光線的移動**，知道有人走過。」亨利的聲調中有點亢奮，「不過我沒有打開門看，不知道走過的是巴里莫亞。他站在空房的**窗前**幹甚麼呢？」

「那扇窗面向沼地，昨天月色很好，他可能是在**觀察**甚麼。」華生推測。

「是嗎？但**半夜三更**有甚麼好觀察呢？太不可思議了。」

「我有個提議，不知道你是否同意。」華生壓低嗓子說，「如果今晚他又有**異常的舉動**，我們就把他當場逮住，看看他有甚麼說法。」

「好主意！」亨利用力地點點頭，「我已是這個莊園的主人，必須在出甚麼狀況前把問題搞清楚，**以防後患**。」

兩人剛商量好，莫蒂醫生忽然**興高采烈**

地走了進來，一見面劈頭就說：「不得了！我發現一個**頭蓋骨**啊！」

「甚麼？」華生和亨利都大吃一驚，以為又有兇案發生。

「哎呀，不是兇殺案啦！」莫蒂醫生看到兩人**面色煞白**，連忙解釋，「我發掘出一座古墳，找到了一個**史前人類**的頭蓋骨罷了。」

「啊！」華生不禁鬆了口氣，他這才記起莫蒂醫生看到福爾摩斯時，對他的頭骨也很感興趣的情景。

「你們要不要去**古墳**看看？這可是歷史上的重大發現啊！」

「這麼重要的發現當然要去看。」亨利爵士

說，「不過，我想先看看伯父**出事的地點**，你可以帶我去嗎？」

「是的、是的。現在就去看吧。」莫蒂說完，就帶兩人走出莊園的大宅，去到不遠處的紫杉**林蔭小徑**——那個兇案發生的地點。

「我就是在這裏發現查爾斯爵士的，他身旁還有一些**巨大的爪印**。」莫蒂**猶有餘悸**地說，「不過，早前下了場大雨，已把所有痕跡都沖刷乾淨了。」

亨利爵士點點頭，在老爵士曾伏屍的位置蹲了下來。他脫下帽子，無言地**撫摸**了一下地上的泥土，輕輕地呢喃了一句：「伯父，我是你的侄兒亨利，我來遲了，但一定會為你找出真相的，請你**安息**吧。」

華生從亨利爵士寥寥幾句的話語中，已感受到了他的痛楚。

「**喂！那個庸醫！**終於給我逮着了！」突然，他們背後響起了一聲咒罵。

眾人回頭看去，只見一個老紳士迎面而來。看來，他是衝着莫蒂醫生來的。果然，他走近後，**不容分說**就罵道：「**你！**為甚麼未經親屬同意，就私掘死者的墳墓！」

「**弗蘭克蘭先生**，你誤會了，那是史前人類的古墳，我是為了考古才——」

「**住嘴！**」老紳士喝罵，「古墳也是墳，你不能對死去的人不敬！」

「可是——」

「你不僅對死者不敬，嚴格來説是**盜墓**！是**違法行為**！我一定會去告你！」

亨利爵士慌忙趨前解釋：「老先生，我叫亨利，是查爾斯爵士的侄兒。你誤會了，請息怒。」

「又怎樣？」老紳士毫不退讓，繼續指着莫蒂醫生罵道，「總之，這個庸醫挖人家墳墓就不行，一定要受到法律制裁！」說完，他就悻悻然地走了。

「對不起，讓你們受到牽連了。」莫蒂有點困惑地說，「弗蘭克蘭先生在這附近很出名，他除了對天文和觀星很感興趣外，就是興訟。最糟糕的是，他非常熟悉法律程序和訴訟的手續，很多人都吃過他的官司，沒想到這次輪到我了。」

「哈哈哈，沒想到還有這種怪人呢。」亨利爵士笑道，「但不用擔心，我會為你作證，證明你是因考古需要而挖掘古墳。」

「謝謝你。」莫蒂尷尬地搔搔頭。

這時，華生想起給福爾摩斯的那封**信**，就向莫蒂說：「麻煩你陪亨利爵士到處走走，我要去寄一封信。」

告辭後，華生匆匆去到格林盆的**雜貨店**，他拆開本已封好的信，補寫了巴里莫亞的**可疑舉動**和遇到老紳士的事，才把信寄出。之後，他又在雜貨店老闆的指引下，去走訪了幾個**農戶**、一個**鐵蹄匠**和曾在案發現場附近聽到呼喊聲的**馬販子**。可是，他們所說的和莫蒂告訴福爾摩斯的**大同小異**，並沒有新的發現。

在鄉下地方這麼走一圈，華生已花了不少時間，回到莊園時已是下午3時多。當他踏進院子時，亨利爵士和莫蒂正好步出，令他感到意外的是**斯特普頓兩兄妹**也在一起。

「華生醫生，你終於回來了？」亨利爵士趨前相迎，「我和斯特普頓先生和他的妹妹談得好**投契**，對沼地的認識又加深了呢！」

「是嗎？那太好了。」華生説。

「亨利爵士，改天到我家吃飯，我們還有**談之不盡**的話題啊。」斯特普頓熱情地邀請。

「一定！一定！」亨利爵士說完，走到貝莉兒身旁低語了幾句。

這時，莫蒂朝華生遞了個眼色，還別有意味地一笑。

華生悄悄地看了一下貝莉兒，看到她含羞答答地向亨利爵士點點頭，兩頰還泛起了一抹紅暈。她的哥哥則裝作沒看見似的，故意別過頭去。不過，在他別過頭去的剎那間，華生看到其眼神中閃過一下不快。

送走莫蒂和斯特普頓兄妹後，亨利爵士不掩興奮地說：「今天實在太高興了，看來只要邀請多些人來作客，就可以把這棟陰森大宅的

霉氣趕走呢！」

華生笑而不語。他知道，亨利爵士對貝莉兒一見鍾情，在心花怒放之下，所有景物都已變得充滿生氣了。

不過，幸好樂極忘形的亨利爵士並沒忘記晚上的行動，在深夜2點左右，當走廊的腳步聲遠去後，他和華生悄悄地從房中閃出，一起走到那個空房前，並通過門縫往裏面窺看。

一如之前那樣，巴里莫亞拿着點燃了的蠟燭一動不動地站在窗前，不知道正在看甚麼。亨利爵士想推門進去，但華生連忙阻止，並在其耳邊低聲說：「不要輕舉妄動，先靜觀其變，看看他想幹甚麼。」

兩人屏息靜氣等了一會，巴里莫亞突然舉起蠟燭，以燭光在空氣中畫了一個大圓圈。

逃獄犯的身份

「巴里莫亞！你在幹甚麼？」亨利按捺不住，一手把門推開，**怒氣沖沖**地走進房內喝問。

「**啊！**」巴里莫亞被嚇得猛地轉過身來，驚恐地看着亨利和華生。

「說！你在幹甚麼？」亨利一步衝前再問。

「我……」巴里莫亞遲疑了幾秒後，才吞吞吐吐地答道，「我……我只是到處看看……看看窗户有沒有關好。」

華生看到他手上的蠟燭不停地微微顫動，令映照在牆上的黑影也搖曳不定。很明顯，他內心虛怯，是在說謊。

「這是個空房，窗户不是一直關好的嗎？」

「空房嗎？是的……但……為了防止發霉，空房也要常常開開窗，通通風。」

「那麼，你用蠟燭打圈又是甚麼意思？」亨利一刀戳向核心。

「甚麼？打圈？」巴里莫亞慌了，「我……我沒有呀。」

「華生醫生和我都看到了，還想狡辯嗎？」

「對，我也看到了。」華生說。

「一定……一定是你們看錯了，我只是舉起蠟燭，檢查一下窗户有沒有插好插銷罷了。」

「是嗎？」華生靈機一動，他趨前取過蠟燭，仿照管家剛才那樣，在窗前打了個圈。過了幾秒，黑暗的沼地中忽然也亮起一點

燭光，像回應似的也打了個圈。

「啊！」亨利赫然，他怒瞪着巴里莫亞嚴詞詰問，「快說！對方是甚麼人？你為何向他打信號？」

「這……」巴里莫亞百辭莫辯，只好垂頭喪氣地應道，「請……請你不要問，這個問題太複雜了。我……我只可以說這不是我個人的秘密，請恕我無可奉告。」

「甚麼？無可奉告？」亨利大怒，「你耍甚麼陰謀？難道與伯父的死有關？」

「不！絕對與老爵爺的死無關！這點我可以保證！」

「哼！保證？我還能相信你的保證嗎？我要報警！讓警察來問你，看你還敢不敢說『無可奉告』！」亨利氣得臉紅耳熱。

「不！請不要報警！」突然，背後響起了一個女聲的悲鳴。

華生和亨利回頭一看，原來是巴里莫亞夫人。

她驚恐萬狀地撲過來，擋在丈夫前面哭訴：「爵爺！請你不要報警，此事與外子無關，一切都是我不好！」

亨利和華生面面相覷，對她的說話完全摸不着頭腦。

「別說！你說出來就**前功盡廢**了！」巴里莫亞制止妻子說下去。

「不！約翰，是我**連累**你，我不能讓你的名聲受到損害。」夫人豁出去了，「爵爺，是我要求丈夫那麼做的，他是向**我的弟弟**打信號。」

「甚麼？你的弟弟？甚麼意思？」亨利更驚訝了。

「對，是我的弟弟，他在沼地上等候我把食物送去，燭光打圈是表示已**準備好食物**，他的回應是表示可以安全接收。」

「**啊**……」華生馬上明白了。

他正想發問時，亨利已搶道：「難道你的弟弟是——」

「沒錯，他就是那個越獄犯塞爾登。」夫人悲痛地應道。

「你！你怎可以說出來呢！」巴里莫亞懊惱地搔頭。

「算了，紙包不住火，我們已無法隱瞞下去了。」夫人絕望地說，「約翰，請把實情向爵爺講清楚吧，希望這樣可以得到他的寬恕。」

「好吧，事到如今，也沒法隱瞞了。」巴里莫亞深深地歎了口氣，只好把事情的經過——道出……

原來，越獄犯塞爾登是管家夫人的弟弟，他在倫敦諾丁山一個有錢人的家中當園丁，平時

沉默寡言，只會自顧自地工作，並不喜歡與人交往。數個月前，一個常取笑他口吃的傭工作弄他，在他的暖水瓶中滲了煤油，讓他喝下後嘔吐大作。他一怒之下突然精神失常，抓起修剪樹枝用的剪刀，當場就把對方亂刀捅死。

「他有口吃的毛病，自小不善與人溝通，只愛花草樹木，是個性情很平和的人。沒想到他——」巴里莫亞說到這裏，已說不下去了。

「他是我的弟弟，他逃獄後來找我接濟，我不能不照顧他。」夫人說，「待風聲過後，我們打算把他送去巴西避難。船期快到了，爵爺，請你**大發慈悲**，不要報警，讓我救救這個命苦的弟弟吧。」

「原來如此……」亨利沉吟半晌，思考了一會後才抬起頭來說，「明白了，換了是我的弟弟，我也許會和你一樣出手接濟。這樣吧，去把我的**舊衣服**送給他替換，讓他儘快離開，以免夜長夢多。」

「啊！爵爺！謝謝你！」夫人**喜極而泣**。

「謝謝你！我會儘快安排他離開！」巴里莫亞也激動地道謝。

「別再說了，趁我還未改變主意之前，快把**食物**和**衣服**送去吧。」亨利擺擺手說。

「是的。」巴里莫亞拉着妻子轉身離開，但他走了兩步，又回過頭來說，「對了，今天碰到**弗蘭克蘭先生**，他對莫蒂醫生**私挖古墳**的行為非常不滿，還說會控告他。」

「這個我已知道，那老先生只是**小題大做**，不用管他。」

「是的，他常常**無理取鬧**，這個可以不管。」巴里莫亞說，「不過，他還透露了一件事，我不知道應不應該理會。」

「甚麼事？」亨利問。

「在事發當晚，他看到**有人**走近老爵爺出事的那條林蔭小徑。」

「**甚麼？**」亨利和華生都吃了一驚。

拿提燈的女人

「他說當晚用望遠鏡觀星，無意中看到有人拿着一盞提燈向林蔭小徑走去。」

華生想起福爾摩斯借來的那幅地圖，從弗蘭克蘭的賴福特莊園（Lafter Hall）確實可以看到那條林蔭小徑。

「他沒把此事告訴警方嗎？」亨利問。

「他常常投訴警方**辦事不力**，與警方的關係很差。我估計警方沒有找他問話，他也不會主動協助調查。」巴里莫亞說完，向亨利和華生微微地鞠了個躬，就與妻子下樓去了。

「不如明天去找**那位老先生**問個清楚吧。」華生提議。

「**嗯**。」亨利想了一下，**不置可否**地點點頭。

華生一早起來，提出要去找弗蘭克蘭時，亨利卻**面有難色**地說：「對不起，我想起有些屋契之類的文件要趕着處理，麻煩你自己走一趟好嗎？」

華生愕然，對亨利**毫不熱衷**的態度感到有點疑狐，只好說：「沒關係，我自己去就行了。但千萬不要獨自外出，尤其是不要接近**那塊沼地**。」

一個小時後，華生已來到賴福特莊園。報上姓名後，僕人也不多問，就逕直帶他攀上屋後的一道樓梯，來到了大屋的**屋頂**。

那個脾氣古怪的老先生已站在一台架在地上的**望遠鏡**旁，等候他的到來了。

「華生醫生，歡迎你**大駕光臨**呢。」老先生揚聲道。

「咦？你好像早就知道我會來似的呢。」華生訝異。

「**哈哈哈**，我哪有那麼厲害，全靠它罷了。」老先生摸了摸望遠鏡說，「這兒**地勢平坦**，你在5哩外我已看到你了。不過，你的大名卻是從其他地方打聽得來的。」

「原來如此。」

「這觀星用的專業級**天文望遠鏡**，沒有建築物或小山阻擋的話，就算是10哩外也可看得**一清二楚**。」老先生得意地說。

「是嗎？聽說你在查爾斯爵士出事的那個晚上，也是用望遠鏡看到有人走近出事地點，是嗎？」遇上**脾氣古怪**的人，華生知道**旁敲側擊**只會惹來猜疑，**直截了當**地問更有效。

「是呀。」果然，老先生爽快地承認了。

「那麼，你看到的是誰呢？」

「不知道。」

「你不是說10哩外也能看得**一清二楚**嗎？巴斯克維爾大宅也在10哩的範圍內呀。」

「你的問題有點幼稚呢。」老先生不客氣地說，「當時是**夜晚**呀，那人只是拿着一盞**小提燈**，怎能看得清樣貌！」

「是的，我大意了，沒想到這點。」

「嘿嘿嘿，但又不用太失望啊。」老先生別有意味地一笑，「因為，我看到了**別的東西**。」

「別的東西？」

「對，別的東西。」

「是甚麼？」

「不能說。」

「為甚麼？」

「除非——」

「除非甚麼？」

「除非，你幫我作證，指控那個庸醫私挖古墳吧。」

「這……」

「不肯就拉倒！」

「好吧！我幫你作證！」華生**衝口而出**。

「**女人！**當晚拿着提燈走向那老鬼大屋的，**是個女人！**」老先生的口沫直噴向華生。

「**呀！**」華生慌忙閃避。

「啊，對不起。我太過**激昂**了，請恕我失儀。」老先生抹去口角的泡沫，掏出雪茄咬在嘴裏，擺出一副**道貌岸然**的樣子繼續說，「雖然看不清樣貌，但我看到那人是穿着**裙子**的，除非是蘇格蘭人吧，否則一定是女人。」

「**啊⋯⋯女人**，原來查爾斯爵士當晚等候的⋯⋯是女人。」華生想起福爾摩斯的推論——當時老爵士一邊抽着雪茄，一邊在等人。

「謝謝你告訴我。」華生不忘**奉承**，「弗蘭克蘭先生，你提供的這個情報非常重要。」

「**哈哈哈**，年輕人，我看你為人老實又有禮貌，多送你一件**手信**吧。」

「手信？」

「我的意思是**情報**呀。」老先生**故作神秘**地湊到華生耳邊說，「我還看到那個逃犯，和一個**鬼鬼祟祟**的**少年**在一間廢屋出入呢。」

「啊……」

「來！望遠鏡已對準了那間廢屋，你自己看看吧。」老先生把華生拉到望遠鏡旁。華生慌忙湊過去窺看，果然，在沼地的中間有一間**荒廢了的石屋**。

「人呢？沒有呀。」華生說。

「哎呀，怎麼又問這麼幼稚的問題呀！難道逃犯會**無時無刻**站在那裏等你嗎？」老先生罵道，「我也是偶然看到過幾次罷了。」

「這手信我收下了！謝謝你！」**事關重大**，華生馬上告辭，他必須趕回巴斯克維爾莊園，把剛知道的情報儘快寫信通知福爾摩斯。

華生的追蹤

回到莊園後，華生記下弗蘭克蘭的證詞，再加上巴里莫亞夫婦與逃犯的關係，匆匆把信寫好。可是，當他想去找亨利報告新發現時，卻被巴里莫亞的說話嚇了一跳。

「在半個小時前，亨利爵士已獨自出去了。」

「甚麼？他有沒有說去哪裏？」華生問。

「沒有啊，他只是說出去散散步。」巴里莫亞說，「不過，我看見他朝沼地的方向走去。」

「哎呀，我已三番四次叫他

不要去沼地那邊呀！」華生急了。

「請不要擔心，我見過**小舅子**，已把亨利爵士的**舊衣服**交給了他，並叫他千萬不要傷害他人。所以，就算碰到了亨利爵士，他只會躲起來，絕不會傷害他的。」

「我不是擔心你的**小舅子**，而是擔心**魔犬**和不能預知的危險啊！」

「啊……」巴里莫亞好像想起甚麼似的，補充道，「這麼説來，小舅子説見到一個**高高瘦瘦的男人**和一個**少年**在一間荒廢了的石屋中出入，那人不像警察，但形跡非常可疑。」

「男人和少年？」華生大吃一驚，這和弗蘭克蘭說的不是一樣嗎？

「不！」華生細心一想，馬上否定了自己的想法。因為，弗蘭克蘭說見到逃犯與少年一起，但逃犯塞爾登又說見到一個男人和少年，那麼，和少年一起的男人當然不是逃犯了。

「那人究竟是何方神聖？」華生感到糊塗了。

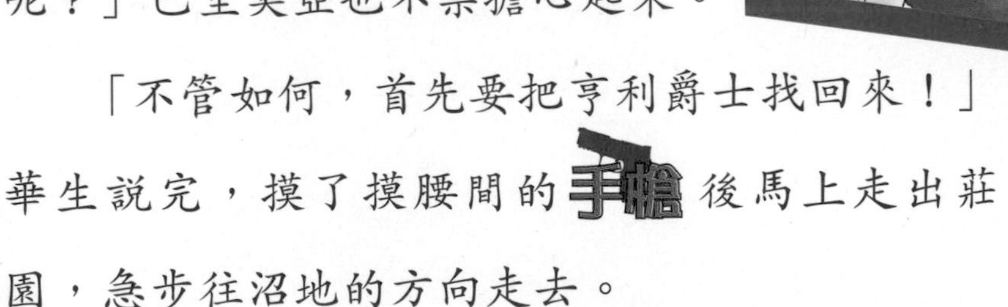

「他會不會對亨利爵士不利呢？」巴里莫亞也不禁擔心起來。

「不管如何，首先要把亨利爵士找回來！」華生說完，摸了摸腰間的手槍後馬上走出莊園，急步往沼地的方向走去。

非常幸運，華生在通往沼地的小徑上看到了亨利的足跡。由於亨利兩次丟失了皮鞋，華

生對他的鞋特別在意，從鞋印的形狀已一眼認出來了。

華生跟着足跡一直往前走，但走到佈滿了碎石的**分岔路**時，足跡卻失去了蹤影。

「糟糕，應該向**左**走還是向**右**走？走錯了的話，就找不到他了。」華生正在猶豫之際，看到了前面有一座小山。

「**傻瓜！**」華生咒罵自己，「只要攀上那座小山，**居高臨下**就能看到他往哪走呀！」想到這裏，華生加快腳步，目標已對準了小山的山頂。

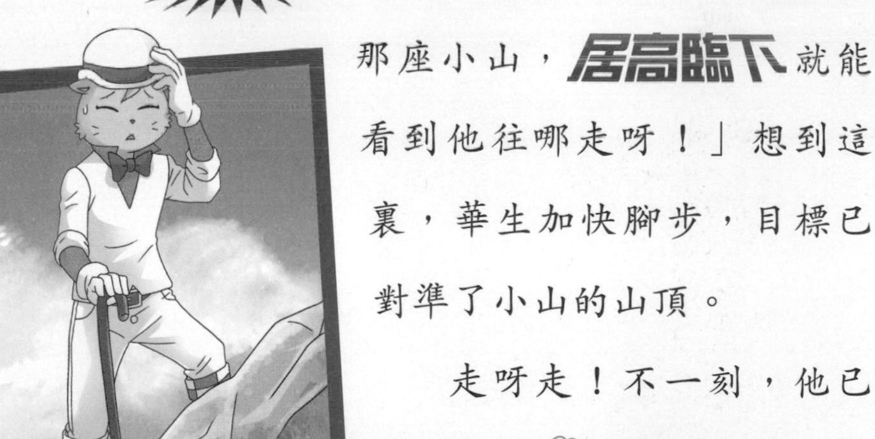

走呀走！不一刻，他已**氣喘吁吁**地攀到山頂上。

「啊！」他馬上看到

了，亨利正與一個女子在沼地的小徑上並肩而行。那女子不斷地向亨利說話，從她的手勢看來，她的態度非常認真。亨利似乎也很認真地聽着，但他不時搖搖頭，似乎並不同意女子所說的事情。不過，不知怎的，華生從兩人那不徐不疾的步伐中感受到某種默契——那種只有墮入情網的男女之間才能產生的默契。

「嘿，這個好色鬼，說甚麼有屋契趕着要

看，原來是走來與貝莉兒**幽會**！」華生很快就認出那女子是誰，感到好氣又好笑。

「怎辦？要下山走過去與他們打招呼嗎？」華生考慮了一下，又放棄了這個想法。他知道，這樣去打擾他們是**不禮貌**的。不過，他對自己遠遠地監視又感到不太自在，作為朋友，畢竟不該偷看人家的隱私。

正陷於**進退兩難**之際，忽然，他看到距離亨利兩人不遠的一塊岩石後面，有一個眼熟的東西**晃了晃**又馬上縮了回去。

「啊！那……那不是**捕蝶網**嗎？」華生心中暗忖，「一定是斯特普頓。但他為何要躲在岩石後面呢？難道……他跟我一樣，無意中發現亨利與妹妹**幽會**，不好意思走出來打擾他們？」

華生想到這裏，馬上打消了離開的念頭，決定靜觀其變。

這時，亨利和貝莉兒在一塊巨岩的陰影下停了下來。兩人態度親昵地說話，在外人看來，已完全是一對情侶了。巧合的是，巨岩就在斯特普頓躲藏位置的斜對面，他應該也清楚地看到兩人喁喁細語的情景。

不一刻，亨利突然握住了貝莉兒的手，有點

激動地訴説着甚麼。但貝莉兒卻用力地把他的手**甩開**，並狼狽地退後了兩步。

「**啊！**」華生不禁也有點緊張起來。他看到亨利舉起攤開的雙手，看樣子是在**道歉**。

就在這時，斯特普頓從岩石後面走了出來，並**急步**向兩人的方向走去。不過，當他闖進兩人的視野範圍後，又故意拖慢了腳步，更裝作**若無其事**地走近，搖了搖捕蝶網向兩人打招呼。

貝莉兒顯得有點狼狽，她**慌慌張張**地走到哥哥身旁，並把臉擰到另一邊去，避開亨利的視線。從動作來看，斯特普頓只是**客客氣氣**地向亨利說了些甚麼，然後，就與貝莉兒走出巨岩的陰影，一起沿着小徑離開了。

亨利也遲疑地從陰影中走出來，他**孤零零**地佇立在小徑上，看着兩人離去的背影。華生雖然與他距離頗遠，但也感到他顯得**非常失落**。

待那對兄妹走遠了，亨利才緩緩地轉過身，掉頭向華生所在的**小山**走過來。華生見狀慌忙急步下山，在路旁截住了他。

「**啊？**華生醫生，你怎會從山上下來的？」亨利訝異地問。

「巴里莫亞說你**獨自外出**，我怕有危險，就追來看看了。」華生喘着氣說，「但到了分岔路，不知道你往哪邊

走，只好攀上山看看。」

「**啊**……」亨利有點尷尬地問，「那麼，你看到我和貝莉兒在一起？」

「看到了，還看到她和她的哥哥一起離開。」在未弄清楚斯特普頓的**意圖**前，華生**故意略去**斯特普頓監視兩人的事。

「請不要取笑我。我愛上了貝莉兒，是**一見鍾情**。」亨利向華生傾吐，「所以，我約了她今天在小徑上見面。我直覺地感到，她對我也有好感。但不知怎的，她卻叫我**快點回倫敦**。我捉住她的手想**剖白**時，她更甩開了我。」

「我也看到了。」華生說。

「是嗎？我想向她道歉，沒想到她哥哥卻**突然出現**。」亨利沮喪地說，「我連道歉和解釋的機會也沒有。」

「別擔心，過兩天再找機會向她**剖白**吧。」華生安慰道，「她可能見到哥哥，有點不好意思吧。你知道，女人都是害羞的呀。」

「說起她的哥哥……」亨利**欲言又止**。

「她的哥哥怎麼了？」

「不知怎的，我感覺他好像**不喜歡**我接近貝莉兒……」

「怎會呢？你**一表人才**，我是哥哥的話，想撮合還來不及呢。」

「是嗎？可能我想多了。」亨利終於有點**釋然**。

「對了，我和那個老先生談過了。」華生說着，把從弗蘭克蘭口中**打聽來的**

事情一一告之。

「那個與**少年**一起的**男人**很可疑呢。」亨利問，「我們下一步該怎辦？」

「我要趕着去格林盆村給福爾摩斯寄信，待我回來再商量吧。」華生轉身想走，但又回過頭來**再三叮囑**，「請直接回家去，不要再獨自外出了。」

「知道了。」亨利不禁**苦笑**。

廢屋怪客

華生去到格林盆村後，在信中補上剛剛見到亨利與貝莉兒幽會的事，然後把信交給了雜貨店的老闆，吩咐他要儘快寄出。

「放心、放心，我一定會把信送到福爾摩斯先生手上的。」雜貨店老闆自信滿滿地把信收好，還別有意味地往門口瞥了一眼。

「這老闆的口吻很奇怪呢。」華生一邊嘀咕，一邊走向小店的門口。就在那一剎那，他看到一個矮小的影子在門口一閃而

過，眨眼之間就消失了。

「唔？那身影好像在哪兒見過？」他連忙追出去看。可是，門外並沒有人。

「明明見到一個矮小的身影走過，怎會這麼快就消失了呢？」華生感到納悶，但隨即陡然吃了一驚，「少年！那身影一定屬於那個少年！難怪這兩天總是有點心緒不寧，原來有一個少年在跟蹤和監視着我。他知悉我的行蹤後，就向那個高高瘦瘦的神秘人報告。豈有此理，太可惡了！我要反客為主，揭開那個神秘人的真面目！」他馬上立定主意獨闖龍潭！

華生用望遠鏡看過那間廢屋，所以毫不費力就找到了那屋子。他拔出手槍，悄悄地推門進去。可是，破舊的屋內並沒有人，最顯眼的是一張用幾個木箱和一塊草蓆搭出來的床，床上還有一張厚棉被。此外，在床腳旁的一個木箱上，則放着一個**水瓶**、兩罐**罐頭**和一條**長棍麵包**。很明顯，有人在這裏過夜。

「哼！在這種地方過夜，肯定有**不可告人**的目的。」華生心想，「我要等他回來，殺他一個**措手不及**！」

「**嘿嘿嘿……**」突然，門外傳來了一陣冷笑。

華生赫然一驚，馬上轉過身去舉槍對準門口。

「華生，千萬不要**殺錯良民**啊。」門外的聲音說。

「**呀！這……這個聲音？**」

「沒錯，是我。」一個身影出現在門外，他不是別人，正是我們的**大偵探福爾摩斯**。

「怎……怎會是你？」華生錯愕得張大了嘴巴。

「嘿嘿嘿，我收到你第一封信後，就馬上趕來了。」福爾摩斯笑道，「不過，為免**打草驚蛇**，只好藏身於此，沒有通知你罷了。」

「啊……那麼，逃犯塞爾登和弗蘭克蘭先生見到的那個**神秘人**，難道就是你？」華生啞然。

「沒錯，你在信上描述的那人就是我。」福爾摩斯從口袋中掏出**一封信**揚了揚。

「呀！那不是我剛叫雜貨店老闆寄給你的信嗎？」

「是呀，不過你離開雜貨店後，小兔子已把信搶先交給我了。」

「**甚麼？小兔子？**」華生赫然，「難道那少年就是小兔子？」

「哎呀，別**大驚小怪**了。」福爾摩斯說，「我和小兔子來到此地後，首先向雜貨店老闆**表明身份**，他收到你的信後會馬上交給小兔子，再由小兔子交給我。」

「啊……那麼，那些**罐頭**和**麵包**都是小兔子送來的了？」

「是的，我要留在這裏**監視**，不能——」

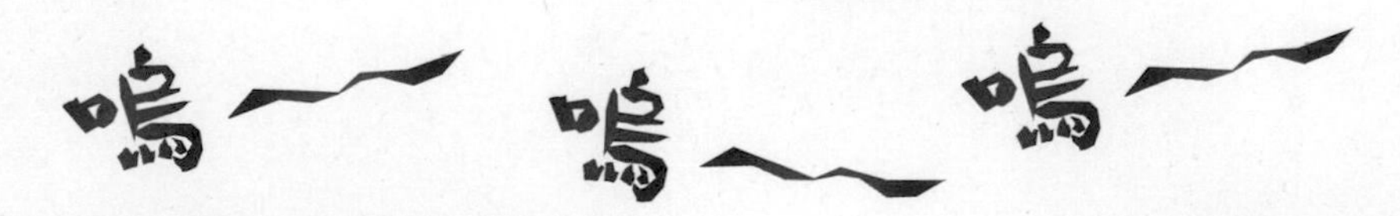

突然，外面傳來令人**不寒而慄**的狼嚎。

「**呀！**魔犬終於現身了！」福爾摩斯驚叫一聲，迅即轉身**奪門而出**。

華生不敢怠慢，也立即跟着跑去。

嗚——嗚——嗚——

兩人向嚎叫傳來的地方**拔足狂奔**，但奔到半途，就突然聽到「**哇呀**」一聲慘叫。他們連忙加速跑去，當跑到一座小山的崖下時，發現一個男人已**一動不動**地俯伏在地上。

福爾摩斯拔出腰間的手槍往四周看了看，確認附近沒有猛獸後，才敢走到那屍體的身旁，用手指探了一下他頸上的**動脈**。

「死了。」福爾摩斯搖搖頭說。

「**他是甚麼人？**」華生正想問時，突然，一個驚惶的聲音從後響起。

「**亨利爵士！亨利爵士他怎麼了？**」

華生兩人慌忙轉身看去，原來是斯特普頓，他**驚恐萬分**地看着地上的屍體呼喚。

「**亨利爵士？**」福爾摩斯大驚，慌忙把屍體的頭擰過來。

畫中人的秘密

「啊！」華生看到那人臉容瘦削，兩頰又長滿鬍根，一眼就認出並非亨利。

「原來不是他。」福爾摩斯鬆了一口氣。

「不是亨利爵士？啊……太好了，我差點被嚇死了。」斯特普頓猶有餘悸。

福爾摩斯站起來，以試探的口吻問：「你是斯特普頓先生吧？你怎會以為死者是亨利爵士呢？」

「啊……我約了亨利爵士來這裏見面，想跟他談談妹妹的事。來到時，剛好聽見**狼嚎**和**慘叫**，就以為是他了。」斯特普頓解釋道。

「原來如此。」福爾摩斯**若有所思**地摸了摸下巴。

「對了，這個人的臉孔很**陌生**，他是甚麼人呢？」斯特普頓問。

「據說**王子鎮監獄**有人逃了出來在這附

近藏匿，看來他就是那個**逃犯**吧。」福爾摩斯說着，眼底突然閃過一下寒光，「難怪人們都說這兒是塊魔犬出沒的**不祥之地**，看來都是事實，否則就不會接連發生兩起命案了。」

「你一定是福爾摩斯先生，對吧？你來到就好了。」斯特普頓有點興奮地說，「我久仰你的大名，相信你出手的話，一定會把命案查個**水落石出**的。」

「此案相當**棘手**，我也沒有信心查個水落石出。」福爾摩斯皺起眉頭說，「況且，我在倫敦還有事情要辦，這次來只是向亨利爵士了解事情的最新發展，明天馬上就要**趕回去**。不過，倫敦的事情**兩三天內**就可辦完，到時就能回來**傾盡全力**調查了。」

「啊，是嗎？希望你能儘快回來吧。」斯特

普頓有點可惜地說。

「對了，你先回家吧。我會守在這裏，待華生把警察叫來後，再進行驗屍。」

「好的。」斯特普頓點點頭，馬上就告辭了。

待他走遠了，華生隨即蹲下來檢視了一下屍體，他很快就得出結論：「沒有被野獸咬過的痕跡，他應該是從山上摔下來摔死的。」

「是嗎？」福爾摩斯沉思片刻，然後問道，「你有沒有發現這具屍體有甚麼特別？」

「**特別？**」華生搖搖頭說，「我看不出有甚麼特別之處啊。」

「**衣服呀**。你不是在信中說過，亨利爵士吩咐管家送他一套**舊衣服**嗎？」

「啊！」華生猛然醒悟，「你的意思是，他穿着的是**亨利爵士的舊衣服**？」

「沒錯！那頭魔犬向他施襲，嚇得他墮下懸崖，就是因為他那一身**舊衣服**！」

「你為何有這樣的推論？」

「鞋呀！」福爾摩斯盯着華生說，「有人先偷走亨利爵士一隻新鞋，後來發覺沒用，就再偷走他一隻**舊鞋**。再加上魔犬傳說，和他身上的**舊衣服**，你還不能作出推論嗎？」

「新鞋……沒用……舊鞋……魔犬……舊衣服……」華生沉吟了一會，突然**恍然大悟**，腦海中瞬間就浮現出一幅**關係圖**。

「啊……」華生「咕咚」一聲，吞了一口口水說，「一定是有人早有預謀，他先偷走亨利爵士的一隻鞋，讓魔犬嗅過留在鞋上的**體味**後，就安排魔犬伺機向亨利爵士施襲！」

「沒錯。不過，那人最初偷錯了一隻沒有體味的**新鞋**，發覺不管用後，就再偷一隻**舊鞋**。這就是亨利爵士先後失去兩隻鞋的原因。但那人沒想到，逃犯**塞爾登**會穿上亨利爵士的衣服在沼地出沒。結果在**陰差陽錯**下，塞爾登成為了**替死鬼**，在魔犬襲擊下墮崖而死！」

「那麼，那個**偷鞋的人**會是誰呢？」華生問。

「報警要緊，這個問題我們隨後再討論吧。」

警方接報後馬上派員來調查。華生和福爾摩斯交待事發經過後，匆匆回到了巴斯克維爾莊園。巴里莫亞夫婦聽到弟弟**墮崖身亡**的消息後，悲痛欲絕地趕去了警察局認屍。亨利爵士在大門口目送兩人離去後，仍震驚得呆站在門旁不知如何是好。

「亨利爵士，請振作一下。現在案情急轉直下，兇手已向你動了殺機！」福爾摩斯拍了拍亨利的肩膀，把剛才目擊的情況詳細地說了一遍，更特別強調，他那套舊衣服是引來魔犬襲擊塞爾登的原因。

「啊……」亨利聽完後被嚇得面無人色，自言自語地說，「那……那套舊衣服害死了塞爾登，否則……遇害的……可能是我。」

「對，魔犬只認體味不認人，牠遇上你的話，必然會襲擊你。」福爾摩斯說完，想了想又問，「對了，斯特普頓先生約你見面，你為何爽約呢？」

「是這樣的。我回家不久，他就派僕人送信來約我到沼地談談貝莉兒的事，我沒細想就答應了。不過，出門時，想起華生醫生再三叮囑我不要獨自外出，加上有點心緒不寧，就決定打退堂鼓了。」

「原來如此。但你為何心緒不寧呢？」

「這個……我也不知道，只是覺得……在沼地見面有點不自然……雖然，斯特普頓在信上説不想貝莉兒聽到我們的對話。」

「豈止不自然，簡直是**可疑**呢。」華生插嘴道，「就算不想貝莉兒聽到你們的對話，也可以到**格林盆村**會面呀。」

「唔……他的舉動實在……」福爾摩斯眉頭一皺，「我們還是坐下來**從長計議**，思考一下下一步的行動吧。」

「呀，對不起，我太震驚了，竟沒察覺還一直站在門口。來，一起到屋內去談吧。」亨利説罷，他領着兩人穿過長廊，走到**大廳**去。

步入大廳後，福爾摩斯看到牆上掛着幾幅**油畫**，不禁駐足欣賞：「這些畫，很漂亮呢。」

「啊，這些只是**歷代**

先人的畫像，沒有甚麼藝術價值。」亨利介紹道，「據巴里莫亞說，當中有一兩幅已掛在這裏過百年了。」

「畫中人 **栩栩如生**，看來保存得很好，就算沒有藝術價值，也很有紀念價值——」福爾摩斯說到這裏時，**突然止住**。

「怎麼了？」華生察覺老搭檔的神情有異。

「這幅的**畫中人**，怎麼看來有點**眼熟**……？」

「啊，他嗎？」亨利說，「他就是強搶民女後被魔犬咬死的先祖**雨果**，也就是魔犬傳說中的**主角**。」

「原來魔犬傳說的**主角**是他，但我為何會覺得他有點**眼熟**呢？」福爾摩斯呢喃。

「**哇哈哈！**福爾摩斯先生，本大人駕到，為甚麼不出來相迎呀？」突然，一個**調皮的聲音**響起。華生轉頭一看，原來是小兔子來了。

「小鬼頭，你怎麼來了？」福爾摩斯問。

「當然是執行最重要的任務，冒着**生命危險**把**最機密的電報**送來啦！」小兔子煞有介事地把一封電報遞上。

「**電報？**這麼快就有結果了？」福爾摩斯接過電報只看了一眼，臉上已閃過了一下**戰慄**。

「怎麼了？」亨利問。

福爾摩斯沒有回答，只是急忙抬起頭來，再往剛才那幅**畫像**看去。

「怎麼了？」亨利不禁再問。

「原來這樣啊……難怪那麼**眼熟**了。」福爾摩斯眼底閃過一下寒光，他大手一揮，指着畫像說，

「**他——除了是你的先祖外，其實也是斯特普頓的先祖！**」

「**甚麼？**」亨利和華生都大吃一驚。

以身作餌

「華生，你不是在信上說過嗎？」福爾摩斯繼續道，「斯特普頓曾在英格蘭北部辦過**一所中學**，後因校中爆發傳染病而倒閉。我為了確認他有否說謊，於是委託了當地的同行調查。電報上的就是**調查結果**！」

「那麼？」

「調查結果指出，曾有一位博物學家辦過一所中學是**真的**，其學校因爆疫而倒閉也是**真的**，只是——」

「只是？」

「只是——那個博物學家並非姓**斯特普頓**。他的真正名字是**傑克·巴斯克維爾**，

就是說，他跟亨利爵士**同姓**！」

「甚麼？」亨利和華生都**大驚失色**，不約而同地再舉頭望向雨果那幅肖像畫。

小兔子雖然不知道他們在說甚麼，但也感到事態**非比尋常**。為免胡亂插嘴遭到大偵探責罵，他這次識趣地悄悄走開了。

「**啊**……」華生呆了半晌，才驚恐地呢喃，「畫中人……如果把**兩頰的鬍鬚**剃掉，不就跟斯特普頓……**一模一樣**嗎？」

說罷，他又轉過頭來盯着亨利的面容說：「而且，看起來……他和你也有**幾分相似**呢。」

「很明顯，斯特普頓是你的**堂兄弟**，是為**奪取遺產**而來的。」福爾摩斯向亨利說，「因為，只要你死了，你伯父的遺產就會由他來繼承了！」

「原來如此。」亨利**恍然大悟**。

「表面上的**謙謙君子**，原來是個**陰險毒辣**的殺人兇手。」華生不禁打了個寒顫。

「**不！**」亨利痛苦地搖頭，「如果他是殺人兇手，那麼，他的妹妹**貝莉兒**呢？難道……

貝莉兒接近我……也是為了幫助他來殺我嗎？**不可能的！我知道她愛上我了，絕不會加害於我！**」

「我沒見過貝莉兒，對你的判斷沒法作出評論。」福爾摩斯說，「不過，我也相信她不想加害於你。因為，華生**初來甫到**時，貝莉兒曾誤認他是你，還叫他趕快返回倫敦。此外，你和她約會時，她也提出同樣要求。還有，那封用**剪貼字**寫成的**警告信**，相信也是她寄給你的。因為，

只有女人會隨身攜帶附有小剪刀的指甲鉗。這些都在在證明，她並不想害你。」

「那麼，我們下一步該怎辦？」華生問，「直接報警，讓警察去拘捕那個陰險的傢伙嗎？」

「不，目前的說法只是一種推論，並沒有實質證據支持。況且，我們從未見過那頭魔犬，就算報了警，也沒法把他繩之以法。」福爾摩斯說到這裏一頓，他向亨利瞥了一眼，「除非，亨利爵士願意以身作餌，令他的惡行曝光吧。」

「**以身作餌？**」華生赫然，「你想要用亨利爵士的性命去引誘他犯罪嗎？這簡直是**送羊入虎口**啊！不行，太危險了！」

福爾摩斯沒反駁，只是默然地往亨利再瞥一眼。

亨利**神情肅穆**地沉思片刻，最後**毅然決然**地抬起頭來說：「為了查證貝莉兒是否欺騙我，我願意**以身作餌**，弄清事實！」

「這——」

「請不要勸阻我。」亨利舉手一揚，制止華生說下去。

「華生，你不必太擔心。只要這樣安排就可**萬無一失**……」

福爾摩斯說罷，向亨利詳細地說出了計劃的步驟：

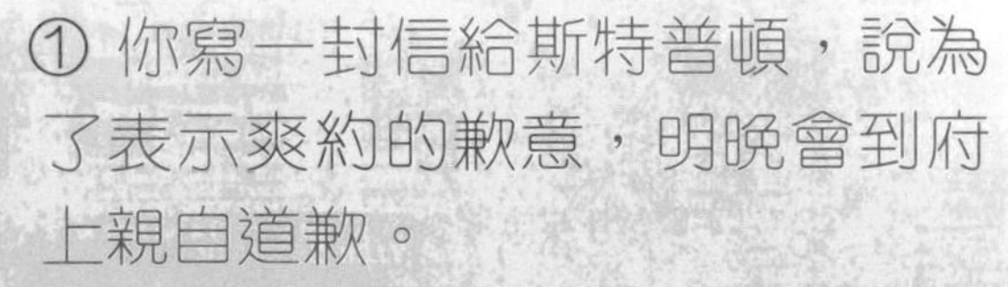

① 你寫一封信給斯特普頓，說為了表示爽約的歉意，明晚會到府上親自道歉。

② 在信中有意無意地透露我已掌握了此案的重要線索，相信很快就會破案。為此，華生也要陪我**回倫敦搜證**，兩天後才能回來。

③ 明晚我們乘馬車出發，但一起在中途下車。你獨自前往斯特普頓家，並要讓對方知道你是**步行而來**的。

④ 我與華生在斯特普頓家的附近埋伏，靜觀其變。

⑤ 會面完畢後，你循**原路步行**返回莊園，我們會在沿途暗中保護。

⑥ 一有異動，我們就現身制止，並當場把斯特普頓抓住。

「『異動』？」華生心頭一顫，「你指的是？」

「還用說嗎？當然是魔犬啦。」

「你……你是指魔犬會撲出來施襲嗎？」亨利問。

「沒錯。」大偵探目露寒光，「之前的兩起

命案都因魔犬施襲而起，這次也不會例外。否則，魔犬殺人的傳說就不成立了。」

「啊！我明白了。」華生說，「你安排亨利爵士步行回家，其實是向斯特普頓**提供機會**，好讓他放魔犬出來作惡！」

「對，斯特普頓以為我和你已回倫敦，不會放過這個**絕佳的機會**行兇。因為，當我們回來後，他知道要下手就很困難了。」

「這個計劃非常完美！」亨利興奮地說，「如果他是魔犬背後的**操縱者**，一定會露出真面目！」

「可是，我怕**稍有差池**的話……」華生仍有猶豫。

「別再多想了，要儘快破案的話，惟有**兵行險着**！」福爾摩斯一錘定音。

第二天晚上7點左右，三人一起乘馬車出發。依計劃在中途下車後，亨利手持一份禮物，在**夜幕低垂**下獨自步行往斯特普頓家。

福爾摩斯和華生則遠遠地跟在後面，**金睛火眼**地監視着四周。

步行了半個小時左右，亨利已到達目的地。福爾摩斯和華生在距離**數十碼外**的岩石後面躲起來，看着亨利在斯特普頓迎接下，走進了他的家中。

幸運的是，亨利和斯特普頓坐在窗邊，遠遠也可看到他們的**一舉一動**。

「唔？斯特普頓還端來飯菜呢。」福爾摩斯說，「**一如所料**，他邀請亨利爵士一邊吃晚飯，一邊談妹妹的事。」

「啊？你早已料到那傢伙會請亨利爵士**吃飯**？」華生問。

「你沒料到嗎？」福爾摩斯訝異，「現在

是吃晚飯的時間呀。況且，吃飯免不了喝酒。他可以理所當然地勸酒，令亨利爵士喝得醉醺醺下放鬆警惕。」

「啊……」經這麼一說，華生明白了。只要亨利喝得醉醺醺，魔犬偷襲就更易成功了。

亨利的演技也不錯，看來他與斯特普頓相談甚歡，並沒有露出馬腳。不過，令華生感到有點奇怪的是，貝莉兒一直未有露面。

「你有沒有察覺，貝莉兒好像不在家呢。」華生說。

「嘿嘿嘿，你不但觀察力弱，連記憶力也不太好呢。」福爾摩斯取笑道，「你忘了嗎？斯特普頓說過，不想妹妹聽到自己和亨利爵士的對話呀。如果她在的話，劇本就有點犯駁了。」

「太過分了，又趁機嘲笑我！」華生不滿地說，「我還未投訴呢！你在沼地的廢屋監視卻不通知我，一定又是擔心我的演技不好，讓我知道的話會露餡吧？對嗎？」

「哈哈，你也有點自知之明呢。」

「太過分了！」

兩人低聲地笑笑鬧鬧，不知不覺之間已過了兩個小時。

「糟糕！」突然，福爾摩斯面露懼色地輕叫了一聲。

「怎麼了？」華生緊張地問。

「看！不遠處正有一陣濃霧飄來，看來很快就會把四周籠罩。」

「啊！」華生定睛往前方一看，果然，一團濃霧已飄向斯特普頓的大宅，逐漸把所有窗户都遮蓋了。亨利在窗邊的身影，也消失在濃霧之中。

魔犬現形

「怎辦？要走近一點看看嗎？」華生擔心地問。

「不，貿然走近會打草驚蛇，被斯特普頓發現的話就前功盡廢了。先觀察一會，希望濃霧快點散去吧。」

可是，兩人等了十多分鐘，濃霧完全沒有散去的跡象。

「走！不能再等了，走近一點監視吧。」福爾摩斯沉聲說罷，一個閃身從岩石後竄出，直往斯特普頓家奔去。華生見狀，慌

忙跟上。

兩人走了30多碼後，一邊找尋遮掩物，一邊躡手躡腳地靠近屋子。就在這時，一陣風吹過，把窗前的濃霧吹散了。

「啊！亨利爵士不見了？」華生赫然一驚。

「噓！」福爾摩斯示意華生靜下來，然後馬上趴在地上，把耳朵貼近地面細聽。

「有腳步聲！追！」福爾摩斯一個翻身跳起，立即往聲音來處奔去。華生不敢怠慢，也全速跟上。

兩人奔了不到半分鐘，突然，一陣恐怖的狼嚎響起，前方更傳來亨利爵士的慘叫聲。福爾摩斯如飛箭般衝入霧中，華生雖然驚恐萬分，但也拚命追趕。

兩人只衝前了十來步，一個**嚇人**的情景立即闖入眼簾——亨利被一頭全身閃着青光的**巨犬**騎在身上，牠的**血盆大口**正要往他的喉頭咬下去！

「**砰**、**砰**、**砰**」三下槍聲霎時響起，巨犬伴隨着「**嗚——**」的一下悲鳴，頹然倒在地上。牠全身急劇地顫動了幾下後，就一動不動地死去了。

這時，華生才注意到福爾摩斯的手上拿着一枝冒着微煙的左輪手槍，知道他在**千鈞一髮**之際，連開三槍把巨犬射殺了。

「你沒事吧？」福爾摩斯撲到亨利身旁問。

「**呼哧**……**呼哧**……」亨利喘着氣，**驚魂未定**地說，「沒事……幸好你們及時趕到，我沒事了。」

「太好了！」福爾摩斯放下**心頭大石**，在巨犬的屍體旁邊蹲下來仔細地檢視。

「所謂魔犬，只不過是頭身形巨大的**大丹犬**。」福爾摩斯説着，摸了摸巨犬身上的毛放到眼前看了看，「哼！原來牠的身上塗滿了磷粉，難怪在月光下會全身發光了。」

「果然是斯特普頓作惡！」華生掏出手槍說，「我們馬上去拘捕他！」

「對，事不宜遲，走吧！」福爾摩斯扶起亨利就走。

三人估計斯特普頓聽到槍聲後必有所防範，於是小心翼翼地來到屋前，卻意外地發現中門大開。更奇怪的是，屋內靜悄悄的，一點動靜也沒有。

「你們在這裏等着，我先進屋內探聽一下虛實。」福爾摩斯說罷，緊握着手槍走進了屋內。

不一刻，他又探出頭來說：「進來吧。客廳內沒人，不知道會否躲在其他房間。」

「那麼，我們一起搜吧！」華生走進屋內說。

「對，除了那傢伙外，我還得找出**貝莉兒**，把事情問個清楚！」亨利悻悻然地説，他已由**驚恐**變成**憤怒**了。

但他的話音剛落，樓上突然傳來「**咚**」的一下聲響。

「**噓！**」福爾摩斯豎起食指放到唇邊**側**

耳細聽。

接着，又「咚、咚、咚」的響起幾下彷似敲打地板的聲響。

福爾摩斯指了一下天花板，輕聲說：「他在樓上，我們上去抓人！」

華生和亨利都緊張地點點頭。

於是，福爾摩斯領頭，華生兩人則跟在後面，**躡手躡腳**地登上了樓梯。當他們到達一樓時，又響起了「咚、咚、咚」的聲音。

華生**心中赫然**，那些聲音是從最近的一個房間傳出來的。他記得，那不是一般的房間，而是斯特普頓曾邀他參觀的**標本收藏室**！

福爾摩斯舉起手槍，往那房間的方向瞄了一眼，然後又回過頭來向華生和亨利遞了個眼色。

「準備好，我要闖進去了！」他以**凌厲的眼神**暗示。

接着，「**砰**」的一聲，他一腳踢開了房門，一個閃身就闖了進去。

兩人緊隨其後，也先後衝了進去。可是，他們看到的不是斯特普頓，而是滿面淚痕地**瑟縮**在牆角下的**貝莉兒**。

令他們更震驚的是，她不但手腳被綁，連嘴巴也被封住了！

亨利大驚之下，馬上蹲下來為貝莉兒**鬆綁**。

「怎麼了？怎會這樣的？」亨利急切地問。

「嗚……嗚……嗚……」貝莉兒掩面痛哭，沒法回答。

福爾摩斯遞了個眼色，華生意會，立即上前把貝莉兒扶起來，讓她坐在旁邊的椅子上，並關心地問：「斯特普頓小姐，你沒有受傷吧？是誰把你綁起來的？」

「嗚……他走了……他已走了，不會回來了。」貝莉兒答非所問，只是嗚咽着說。

「他？你是指斯特普頓先生？」亨利問，「難道……是他把你綁起來的？」

貝莉兒點點頭，斷斷續續地說：「我……我知道他心懷不軌，就想偷偷地出去通知你，叫你不要來這裏。但……但給他察覺了。於是，他就把我……把我綁起來了……」

亨利鬆了口氣，說：「謝謝你，我就知道你

是好人，與你的哥哥並不一樣。」

「**不，我不是好人！**」貝莉兒突然激動地說，「他不是我的哥哥！我害死了查爾斯爵士！是我害死查爾斯爵士的！」

「甚麼？他不是你的哥哥？」亨利大驚，「那麼，他是？」

「他……他是我的丈夫！」說罷，貝莉兒把臉埋在雙掌之下嚎哭起來。

「**啊……**」亨利被嚇得退後了幾步，完全

呆住了。

待情緒平伏後，貝莉兒道出了整個事件的經過。

原來，斯特普頓的真名叫**傑克·巴斯克維爾**，與貝莉兒已結婚四年，是查爾斯爵士的三弟**羅傑**的獨生子。由於兩年多前經營學校失敗，又偶然知悉老爵士回到莊園養老。於是，夫婦倆就移居此地接近他，伺機**殺人奪產**。

然而，傑克一直找不到好的殺人計策，直至**半年前**在父親遺物中發現一份先祖留下來的、與「**魔犬傳說**」有關的**書信**，又知道老爵士患有心臟病後，才令他膽敢**放手一搏**。

首先，他命貝莉兒到莊園探訪時，偷偷地把那份書信藏在雨果的肖像畫背後，讓老爵士「偶然」發現書信的存在。然後，他又到處散佈魔犬出沒的謠言，引致人心惶惶。同一時間，他從倫敦購入一頭體形龐大的惡犬，在荒地那個仿如孤島的小山中，訓練牠成為聽口哨指揮的殺人工具。其間，他亦不忘叫貝莉兒向老爵士噓寒問暖，結成忘年之交。他知道老爵士準備到倫敦休養後，就急忙命貝莉兒在案發當晚約老爵士見面，並派出惡犬把他嚇死。

及後，當傑克從莫蒂醫生口中得悉，亨利從加拿大到達英國準備回鄉繼承遺產後，傑克就化身成大鬍子暗中跟蹤，並在亨利下榻的酒

店偷了他的鞋子。一如福爾摩斯推理那樣，他偷了一隻新鞋後發覺沒用，於是再偷了一隻舊鞋，讓巨犬聞過鞋子後記住亨利的體味。

可是，貝莉兒在老爵士遇害身亡後深感內疚，但又勸阻不了財迷心竅的傑克。於是，她跟隨傑克來到倫敦後，就在酒店中剪貼了一封警告信寄給亨利，希望可以阻止他回鄉。

一如已知那樣，亨利不理警告回到莊園。傑克又借故接近，並安排貝莉兒引君入甕，然後找機會在沼地放犬行兇。但沒想到的是，本來萬般不願意的貝莉兒竟然戲假情真，與亨利一見鍾情。事已至此，傑克決定加快行動，卻在陰差陽錯下殺錯了逃犯塞爾登。

「昨天，當傑克知道你會單獨來訪後，以為天賜良機，馬上決定下殺手。我被他綁起來後，也以為你必死無疑……」貝莉兒向亨利說，「但沒想到……你逃過了大難，他自己卻……永遠消失在那片荒野之中……」

「你是說，他往荒野那邊逃走了嗎？」亨利激動地說，「我們現在就去追！一定要把他繩之以法！」

「萬萬不可！」貝莉兒萬分驚恐，「荒野中遍佈泥潭，走錯了路的話，必死無疑！」

「可是，我決不能讓他逃之夭夭呀！」亨利說完，想轉身就走。

「且慢！」華生連忙阻止，「她說得對，沼地非常危險。我曾親眼見過一匹馬在泥潭遭遇滅頂之災。」

「對，沼地已被濃霧籠罩，待天亮後才去追捕吧。」福爾摩斯一頓，往貝莉兒瞥了一眼後繼續說，「現在必須先報警，讓巴斯克維爾太太把案情始末告訴警方。」

「巴斯克維爾太太……」

亨利聽到這個稱謂時，剛才亢奮的情緒彷彿已完全崩塌，他沉思了一下，就精神恍惚地下樓去了。華生知道，亨利已從那個稱謂中重新意識到——眼前的貝莉兒是他堂兄弟的妻子，更曾協助丈夫犯案，害死了伯父，自己已絕不可能與她共偕連理了。

滅頂之災

第二天早上，警方調來大批人馬搜捕，但傑克·巴斯克維爾（斯特普頓）已**去如黃鶴**，失去了蹤影。

不過，兩星期後，已回到倫敦的福爾摩斯卻收到莫蒂醫生的**電報**，指那個常在荒野出沒的馬販子報警，說在荒野撿到一個**捕蝶網**，它插在常有馬匹滅頂的泥潭之中。而且，沼地上的**安全路標**好像被人**反轉**了，把箭頭指向不宜前行的方向。

「啊……」福爾摩斯看完電報後，臉上掠過了一下**痙攣**。

「怎麼了？」華生問。

「原來如此……怪不得貝莉兒說傑克『不會回來』，他將『永遠消失在那片荒野之中』了。」福爾摩斯眼帶寒光地說，「她為了阻止丈夫謀害亨利，一定移動過那些安全路標。因為，她希望丈夫葬身在泥潭之中，永不可以為禍人間！就是說，傑克在逃走當晚，就像你看到的那匹小馬那樣，已在泥潭中遭遇滅頂之災了！」

科學小知識

【人在泥潭中為何會下沉？】

由於泥潭與液體的水或固體的硬地並不一樣，它是一種觸變性流體（thixotropic fluid）。在處於靜止狀態時，流體中的固體粒子排列得平均又緊密，看起來像不會流動的固體。然而，它是流體的本質並不受到外觀影響。所以，當人掉到當中時就會下沉。而且，人在掙扎時發出的外力，會攪亂排列平均的固體粒子，令其黏稠度大減，變成仿似會流動的液體，這更會加速人的下沉。所以，本故事中的小馬和斯特普頓掉進泥潭後，只能遭受滅頂之災了。

圖解說明

以下是泥潭（觸變性流體）的兩種狀態。

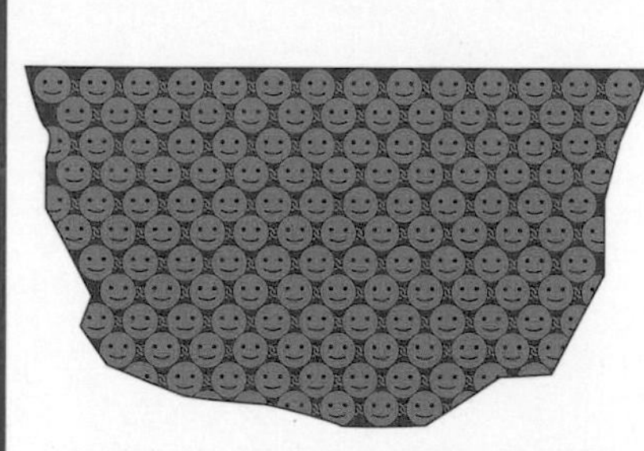

在靜止時，當中的固體粒子排列得平均又緊密，黏稠度高。

受到外力影響，排列得平均又緊密的固體粒子被攪亂散開，令其黏稠度減少。

福爾摩斯科學小實驗

杯中泥潭！

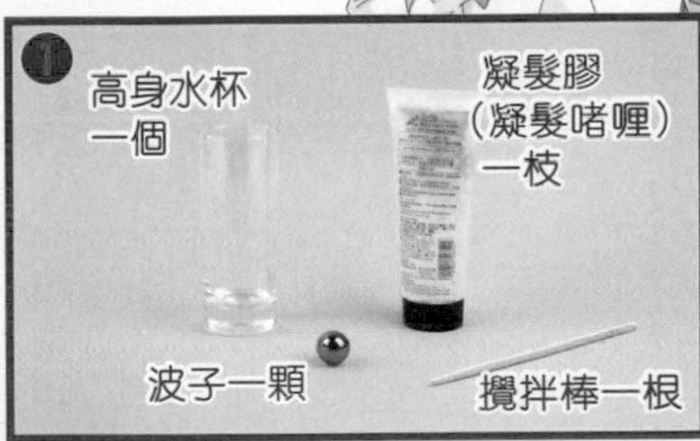

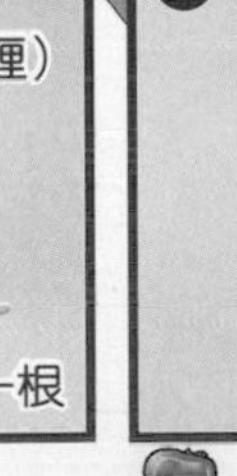

請先準備以上物品。

把凝髮膠注入水杯中。

（測試1）把波子放進水杯中，可見它緩慢地下沉。

用攪拌棒用力攪拌杯中的凝髮膠。

（測試2）再把波子放進水杯中，可見它較快地下沉。

科學原理請參考本集的「科學小知識」。簡單來說，凝髮膠就像一種觸變性流體（thixotropic fluid）。當它靜止時，固體粒子排列得平均又緊密，故黏稠度較高，波子的下沉速度就較慢。反之，凝髮膠被攪動後，固體粒子被攪散了，令其黏稠度大減，波子的下沉速度就較快了。

犬和貓

人類
真幸福。
為何
這樣説？

有我們守門口，
保護財產。
這算
幸福嗎？

不算嗎？
當然
不算。

貓才幸福，
不用工作，
還白吃白住呢！

犬

狗比貓
勤勞。
為何
這樣説？

人們只會説懶貓，
不會説懶狗。
沒聽過
鼠竊狗偷嗎？
勤勞又怎會
偷東西。

那麼，
狗比貓忠誠吧？
只有忠犬，
沒有忠貓。

沒聽過
狼心狗肺嗎？
何來忠誠？

魔犬①

買個帳幕
給我吧。

買來
幹嗎？

魔犬②

大偵探福爾摩斯 58

魔犬傳說(下)

原著／柯南・道爾
（本書根據柯南・道爾之《The Hound of the Baskervilles》改編而成。）
改編&監製／厲河　　繪畫／月牙　　繪畫（部分造景）／李少棠
着色／陳沃龍、麥國龍、徐國聲　封面設計／陳沃龍　內文設計／麥國龍、葉承志
編輯／盧冠麟、郭天寶

出版
匯識教育有限公司
香港柴灣祥利街9號祥利工業大廈2樓A室

想看《大偵探福爾摩斯》的
最新消息或發表你的意見，
請登入以下facebook專頁網址。
www.facebook.com/great.holmes

承印
天虹印刷有限公司
香港九龍新蒲崗大有街26-28號3-4樓

發行
同德書報有限公司
九龍官塘大業街34號楊耀松（第五）工業大廈地下
電話：(852)3551 3388　傳真：(852)3551 3300

購買圖書

第一次印刷發行
2022年5月

ISBN:978-988-75650-6-2
港幣定價 HK$60
台幣定價 NT$300

若發現本書缺頁或破損，
請致電25158787與本社聯絡。

❶ 追兇20年

福爾摩斯根據兇手留下的血字、煙灰和鞋印等蛛絲馬跡，智破空屋命案！

❷ 四個神秘的簽名

一張「四個簽名」的神秘字條，令福爾摩斯和華生陷於最兇險的境地！

❸ 肥鵝與藍寶石

失竊藍寶石竟與一隻肥鵝有關？福爾摩斯略施小計，讓盜寶賊無所遁形！

❹ 花斑帶奇案

花斑帶和口哨聲竟然都隱藏殺機？福爾摩斯深夜出動，力敵智能犯！

❺ 銀星神駒失蹤案

名駒失蹤，練馬師被殺，福爾摩斯找出兇手卻不能拘捕，原因何在？

❻ 乞丐與紳士

紳士離奇失蹤，乞丐涉嫌殺人，身份懸殊的兩人如何扯上關係？

❼ 六個拿破崙

狂徒破壞拿破崙塑像並引發命案，其目的何在？福爾摩斯深入調查，發現當中另有驚人秘密！

❽ 驚天大劫案

當鋪老闆誤墮神秘同盟會騙局，大偵探明查暗訪破解案中案！

❾ 密函失竊案

外國政要密函離奇失竊，神探捲入間諜血案旋渦，發現幕後原來另有「黑手」！

❿ 自行車怪客

美女被自行車怪客跟蹤，後來更在荒僻小徑上人間蒸發，福爾摩斯如何救人？

⓫ 魂斷雷神橋

富豪之妻被殺，家庭教師受嫌，大偵探破解謎團，卻墮入兇手設下的陷阱？

⓬ 智救李大猩

李大猩和小兔子被擄，福爾摩斯如何營救？三個短篇各自各精彩！

⓭ 吸血鬼之謎

古墓發生離奇命案，女嬰頸上傷口引發吸血殭屍復活恐慌，真相究竟是……？

⓮ 縱火犯與女巫

縱火犯作惡、女巫妖言惑眾、愛麗絲妙計慶生日，三個短篇大放異彩！

⓯ 近視眼殺人兇手

大好青年死於教授書房，一副金絲眼鏡竟然暴露兇手神秘身份？

⓰ 奪命的結晶

一個麵包、一堆數字、一杯咖啡，帶出三個案情峰迴路轉的短篇故事！

⓱ 史上最強的女敵手

為了一張相片，怪盜羅蘋、美艷歌手和蒙面國王競相爭奪，箇中有何秘密？

⓲ 逃獄大追捕

騙子馬奇逃獄，福爾摩斯識破其巧妙的越獄方法，並攀越雪山展開大追捕！

⓳ 瀕死的大偵探

黑死病肆虐倫敦，大偵探也不幸染病，但病菌殺人的背後竟隱藏着可怕的內情！

⓴ 西部大決鬥

黑幫橫行美國西部小鎮，七兄弟聯手對抗卻誤墮敵人陷阱，神秘槍客出手相助引發大決鬥！

㉑ 蜜蜂謀殺案

蜜蜂突然集體斃命，死因何在？空中懸頭，是魔術還是不祥預兆？兩宗奇案挑戰福爾摩斯推理極限！

㉒ 連環失蹤大探案

退役軍人和私家偵探連環失蹤，福爾摩斯出手調查，揭開兩宗環環相扣的大失蹤之謎！

㉓ 幽靈的哭泣

老富豪被殺，地上留下血字「phantom cry」（幽靈哭泣），究竟有何所指？

㉔ 女明星謀殺案

英國著名女星連人帶車墮崖身亡，是交通意外還是血腥謀殺？美麗的佈景背後竟隱藏殺機！

㉕ 指紋會說話

詞典失竊，原是線索的指紋卻成為破案的最大障礙！少年福爾摩斯更首度登場！

㉖ 米字旗殺人事件

福爾摩斯被捲入M博士炸彈勒索案，為嚴懲奸黨，更被逼使出借刀殺人之計！

㉗ 空中的悲劇

馬戲團接連發生飛人失手意外，三個疑兇逐一登場認罪，大偵探如何判別誰是兇手？

㉘ 兇手的倒影

狐格森身陷囹圄！他殺了人？還是遭人陷害？福爾摩斯為救好友，智擒真兇！

㉙ 美麗的兇器

記者調查貓隻集體自殺時人間蒸發，大偵探明查暗訪，與財雄勢大的幕後黑手鬥智鬥力！

㉚ 無聲的呼喚

不肯說話的女孩目睹兇案經過，大偵探從其日記查出真相，卻使真兇再動殺機，令女孩身陷險境！

㉛ 沉默的母親

福爾摩斯受託尋人，卻發現失蹤者與昔日的兇殺懸案有千絲萬縷的關係，到底真相是……？

㉜ 逃獄大追捕II

刀疤熊藉大爆炸趁機逃獄，更擄走騙子馬奇的女兒，大偵探如何救出人質？

㉝ 野性的報復

三個短篇，三個難題，且看福爾摩斯如何憑一個圖表、一根蠟燭和一個植物標本解決疑案！

㉞ 美味的殺意

倫敦爆發大頭嬰疾患風波，奶品廠經理與化驗員相繼失蹤，兩者有何關連？大偵探誓要查出真相！

榮獲2017年香港出版雙年獎頒發「出版獎」。

㉟ 速度的魔咒

單車手比賽時暴斃，獨居女子上吊身亡，大偵探發現兩者關係殊深，究竟當中有何內情？

榮獲2017年香港教育城「第14屆十本好讀」頒發「小學生最愛書籍」獎及「小學組教師推薦好讀」獎。

㊱ 吸血鬼之謎II

德古拉家族墓地再現吸血鬼傳聞，福爾摩斯等人為解疑團，重訪故地，究竟真相為何？

㊲ 太陽的證詞

天文學教授觀測日環食時身亡，大偵探從中找出蛛絲馬跡，誓要抓到狡猾的兇手！

㊳ 幽靈的哭泣II

一大屋發生婆媳兇殺案，兩年後大屋對面的叢林傳出了幽靈的哭聲，及後林中更有人慘遭殺害。究竟兩宗兇案有何關連？

㊴ 綁匪的靶標

富豪兒子遭綁架，綁匪與警方對峙時被殺，肉參下落不明。大偵探出手調查，卻發現案中有案？

㊵ 暴風謀殺案

氣象站職員跳崖自殺、老人被綁着殺死，兩宗案件竟然都與暴風有關？

㊶ 湖畔恩仇錄

青年涉嫌弒父被捕，大偵探調查後認為對方清白，此時嫌犯卻突然認罪，究竟真相為何？

㊷ 連環殺人魔

六個黑幫分子先後被殺，華生恩師赤熊也命喪街頭，同時一齣電影的拷貝盡數被毀，究竟彼此有何關連？

㊸ 時間的犯罪

丈夫涉嫌製造交通意外殺妻，但「時間」證明他不在現場。大偵探如何揭穿箇中破綻？而幕後黑手竟是M博士？

榮獲2020年香港教育城「第17屆十本好讀」頒發「小學生最愛書籍」獎及「小學組教師推薦好讀」獎。

㊹ 消失的屍體

流浪漢屍體離奇消失，地鐵失物認領處職員被殺，兩者有何關連？大偵探抽絲剝繭，查出驚人真相！

㊺ 解碼緝兇

華生與福爾摩斯到香港旅遊，得悉好友家中出現神秘火柴人圖案，更發生槍擊事件。當中真相為何？

㊻ 幽靈的地圖

倫敦下水道爆炸竟與瘟疫蔓延有關，福爾摩斯和華生救人時發現當中隱藏着重大的秘密！